SULITZER

2. Le Bon Dieu ne dort jamais

DUPUIS

Les scénarios du cycle *Rourke* sont adaptés des romans de Paul-Loup Sulitzer, *La Femme Pressée*, *Kate* et *Les Routes de Pékin* (Edition N°1/Stock).

Couleurs : Emile Jadoul
Maquette : Y. Amateis
Dépôt légal : décembre 1992 — D.1992/0089/170
ISBN 2-8001-1962-4 — ISSN 0778-3248

Imprimé en Belgique par Proost/Fleurus

TIC TIC TIC
TU AS DÉJÀ PRIS DIX-SEPT PESOS DANS LA POCHE DE MON PANTALON...
ET UN BILLET DE DIX EST ENCORE CACHÉ DANS L'UN DES MONTANTS DU LIT...
MAIS IL DOIT SERVIR À PAYER LA CHAMBRE.
VOUS LE CONNAISSEZ?
NON.
JAMAIS VU.
VADE RETRO SATANA!!
?
QUI ES-TU?
JE M'APPELLE ALVARO.

ALVARO COMMENT ?
ALVARO TOUT COURT.
VIDE...
QU'Y-A-T-IL DANS CE SAC ?
!?
NE MENS PAS OU JE TE LIVRE À LA POLICE. TOUT CECI T'APPARTIENT-IL ?
SI, GRINGO, C'EST À MOI.
JE SUIS PRÊTRE.

II 2

CHÈRE MIMI,
A' MONTEREY, J'AI PASSÉ MON TEMPS A' APPRENDRE L'ESPAGNOL ET A' BOIRE DE LA TEQUILA. MAIS LE NORD DU MEXIQUE SE TROUVE TROP PRÈS DES ÉTATS-UNIS A' MON GOÛT, ET IL Y PASSAIT TROP DE COLLÈGUES JOURNALISTES. J'AI POUSSÉ JUSQU'A' MEXICO CITY ET PUIS JUSQU'A' VERA CRUZ. LA', J'AI TROUVÉ CE QUE JE CHERCHAIS: UN SCOOP QUI SENT LA MORT ET LE SANG FRAIS. IL S'APPELLE ALVARO, IL EST PRÊTRE ET IL VOLE LES GRINGOS.
TON FILS, H. H. ROURKE.
OÙ SE TROUVE CE SAN JACINTO DE LOS MACHINS DONT TU ÉTAIS LE CURÉ?
SAN JACINTO DE LOS REYES. PLUS AU SUD, DANS LA PROVINCE DE TABASCO.
TU AS DONC DÛ PARTIR À CAUSE DE L'ARTICLE 130 DU CODE DE QUERETARO...
SI. CET ARTICLE EST *MUY FATAL* POUR LA SITUATION DE L'ÉGLISE AU MEXIQUE.
LES PROBLÈMES ONT VRAIMENT COMMENCÉ À L'ARRIVÉE DU **LIEUTENANT MILAN** ET DE SES SOLDATS. ILS ONT MIS LE FEU À LA CURE.
PERSONNE N'OSAIT M'HÉBERGER, J'AI DONC DORMI DANS L'ÉGLISE. L'AIR ÉTAIT VICIÉ, CAR LES SOLDATS S'Y SOULAGEAIENT SANS VERGOGNE. ILS ME FRAPPAIENT SANS CESSE, MAIS JE REFUSAIS DE PARTIR...
JE NE VOULAIS PAS LAISSER MON ÉGLISE ENTRE LEURS MAINS. ON Y CONSERVE PRÉCIEUSEMENT UN MORCEAU DE FÉMUR DU SAINT JACINTO MORALES, AINSI QU'UN MORCEAU DE LA VRAIE CROIX...

UN MORCEAU DE LA CROIX? NON MAIS! MON CHER ALVARO, SI ON RECOLLAIT TOUS LES MORCEAUX DE LA VRAIE CROIX, ON PARVIENDRAIT À CONSTRUIRE UN PONT RELIANT LE CANADA À L'IRLANDE.
TU N'ES PAS CATHOLIQUE!
JE SUIS IRLANDAIS PAR MON PÈRE, FRANÇAIS PAR MA MÈRE ET AMÉRICAIN PAR CHOIX. JE SUIS CATHOLIQUE, OU PLUTÔT JE SUIS D'AVANTAGE CATHOLIQUE QUE, METTONS, BOUDDHISTE.
QUE S'EST-IL PASSÉ ENSUITE?
J'AI PU RESTER, MAIS JE NE POUVAIS PAS LIRE LA MESSE. BIEN ENTENDU, J'AI DÉSOBÉI ET ILS M'ONT ENCORE FRAPPÉ.
ILS ONT MIS LE FEU À L'ÉGLISE, ELLE A ÉTÉ RÉDUITE EN CENDRES...
MAIS TU N'ES PAS PARTI...
NO.
DES HOMMES DU VILLAGE, DE VRAIS *HIJOS DE PUTAS*, ONT PARLÉ À MILAN DU MORCEAU DE LA CROIX, QUE J'AVAIS CACHÉ. MAIS QUOI QU'IL AIT PU FAIRE, JE N'AI RIEN AVOUÉ.
ILS T'ONT À NOUVEAU TORTURÉ?
ALVARO?
FAIS-MOI VOIR TON DOS, ALVARO.

MON DIEU!
BAH, JE N'AI PLUS MAL... CELA FAIT SI LONGTEMPS...
IL A FALLU QUELQUES SEMAINES AVANT QUE MILAN NE SONGE À ALLER VOIR AU SEUL ENDROIT OÙ IL N'AVAIT PAS ENCORE CHERCHÉ... DANS SES PROPRES BAGAGES...
IL A DIT QU'IL BRÛLERAIT LA RELIQUE EN MA PRÉSENCE SI JE NE FILAIS PAS.
ALORS, TU ES PARTI.
ALORS, JE SUIS PARTI.
ILS AVAIENT JETÉ MA SOUTANE AUX COCHONS, MAIS LE LIEUTENANT MILAN M'A DONNÉ CES VÊTEMENTS ET LORSQUE JE SUIS PARTI, IL M'A DONNÉ TOUT L'ARGENT QU'IL AVAIT SUR LUI... SOIXANTE-QUATRE CENTAVOS. IL NE M'A PAS DONNÉ LE MORCEAU DE LA CROIX...
MILAN M'A DIT QU'IL VOULAIT BIEN ME LA VENDRE... POUR DIX MILLE PESOS...

DIX MILLE PESOS, C'EST UNE FORTUNE. J'ÉTAIS DÉSESPÉRÉ...
JE SUIS ALLÉ DE VILLAGE EN VILLAGE. APRÈS AVOIR MENDIÉ PENDANT DEUX MOIS, JE POSSÉDAIS CINQ PESOS.
ALORS, UN MIRACLE EST ARRIVÉ. À TUXTLA, UNE FAMILLE RICHE M'A DONNÉ DEUX CENT CINQUANTE PESOS ET UNE LISTE D'ADRESSES OÙ ME RENDRE POUR EN OBTENIR D'AUTRES...
QUELQUE TEMPS APRÈS, J'AVAIS DEUX MILLE SIX CENT QUINZE PESOS EN MA POSSESSION... ET SOIXANTE-QUATRE CENTAVOS. J'AI POURSUIVI MA ROUTE VERS OAXACA...
LÀ, J'AI PRESQUE TOUT PERDU... SAUF MON CALICE ET LES SOIXANTE-QUATRE CENTAVOS DE MILAN...
UNE FOIS RÉTABLI, J'AI DÉCIDÉ DE DEVENIR VOLEUR À MON TOUR.
DIEU M'A SÛREMENT INSPIRÉ, CAR JE N'AURAIS JAMAIS EU UNE TELLE IDÉE PAR MOI-MÊME.
UNE SEMAINE PLUS TARD, J'AI TROUVÉ LE PORTE-FEUILLE D'UN *GRINGO*, CONTENANT SEPT CENT QUATRE-VINGT-DIX PESOS. C'ÉTAIT L'OEUVRE DE DIEU. IL ME GUIDAIT.
J'AI COMPRIS ALORS QUE DIEU M'AUTORISAIT À VOLER LES *GRINGOS*. MAIS SEULEMENT LES *GRINGOS*! VOLER UN MEXICAIN, C'EST UN PÉCHÉ!
C'EST ÉVIDENT.

J'AI UNE IDÉE. TU AS DÉJÀ SIX MILLE QUATRE CENT VINGT-TROIS PESOS...
ET SOIXANTE-QUATRE CENTAVOS.
ET SOIXANTE-QUATRE CENTAVOS. ET SI TU ME VOLAIS LES TROIS MILLE CINQ CENT SOIXANTE-SEIZE PESOS ET TRENTE-SIX CENTAVOS QUI TE MANQUENT ?...
TU POSSÈDES TRENTE-CINQ MILLE PESOS ?
TRENTE-CINQ MILLE ?!... MAIS C'EST DIX FOIS PLUS ! BIEN SÛR QUE NON, JE NE LES AI PAS !
ALORS, C'EST IMPOSSIBLE. DIEU NE ME LAISSE PRENDRE QU'UN PESO SUR DIX. PLUS, CE SERAIT DU VOL...
BON. ALORS, QUE FAIT-ON ?
JE VAIS CONTINUER À VOLER LES GRINGOS...
ET QUAND J'AURAI MES DIX MILLE PESOS, JE RETOURNERAI À SAN JACINTO ET J'ACHÈTERAI LE MORCEAU DE LA SAINTE CROIX.
SI TU NE TE FAIS PAS ARRÊTER AVANT.
C'EST IMPOSSIBLE. DIEU ME PROTÈGE.
ET LE BON DIEU NE DORT JAMAIS.

NEW YORK, NEW YORK, JANUARY 6, 1926
ETSET MARRIAG
By Maud Adams
s'est tenue la
honie de mariage
ant Catherine Killinger
ouglas Caterham, en
sence de mille deux cents
ités, dont le président des
ats-Unis lui-même.
ouglas Caterham, principal
héritier de la famille de
banquiers du même nom,
diplômé de Yale, est un
économiste plein d'avenir.
Catherine Killinger, plus
connue par le Tout-New
york sous le nom de Kate,
est la fille de Karl Killinger,
le célèbre magnat de la
presse. A la question de
savoir dans quel pays
exotique le jeune couple
comptait passer leur lune de
CATHERINE KILLINGER
savoir
exotique le jeune coup
comptait passer leur lune de
miel, la nouvelle madame
Caterham répondit : "New
York, et plus précisément le
Queens."
THE QUEEN'S GAZETTE
?!
QUE CHERCHEZ-VOUS, MADEMOISELLE ?

II8

JE CHERCHE UN JOURNAL, THE QUEENS GAZETTE.
VOUS ÊTES À LA BONNE ADRESSE, SAUF SI VOUS CHERCHEZ L'ANCIEN PROPRIÉTAIRE, QUI VIT DÉSORMAIS EN CALIFORNIE. UN IMBÉCILE LUI A RACHETÉ SON CANARD...
IL A DISPARU COMME PAR ENCHANTEMENT LORSQU'IL A RÉALISÉ QUE LE CHÈQUE ÉTAIT APPROVISIONNÉ.
L'IMBÉCILE, C'EST MOI. JE M'APPELLE KATE KILLINGER, ET VOUS?
HOMER HUNNICUT, RESPONSABLE DES ROTATIVES, IMPRIMEUR, COMPOSITEUR, CORRECTEUR, CHEF DE L'EXPÉDITION ET ASSISTANT DU RÉDACTEUR EN CHEF DU QUEENS GAZETTE...
DITES, JE REGRETTE D'AVOIR TRAITÉ L'ACHETEUR D'IMBÉCILE.
NE VOUS EN FAITES PAS. DITES, CE MACHIN, EST-CE QUE ÇA MARCHE?
SI C'EST MOI QUI L'ACTIONNE, OUI...
JE VOUS PARIE QUE J'Y ARRIVE AUSSI.
CLIC

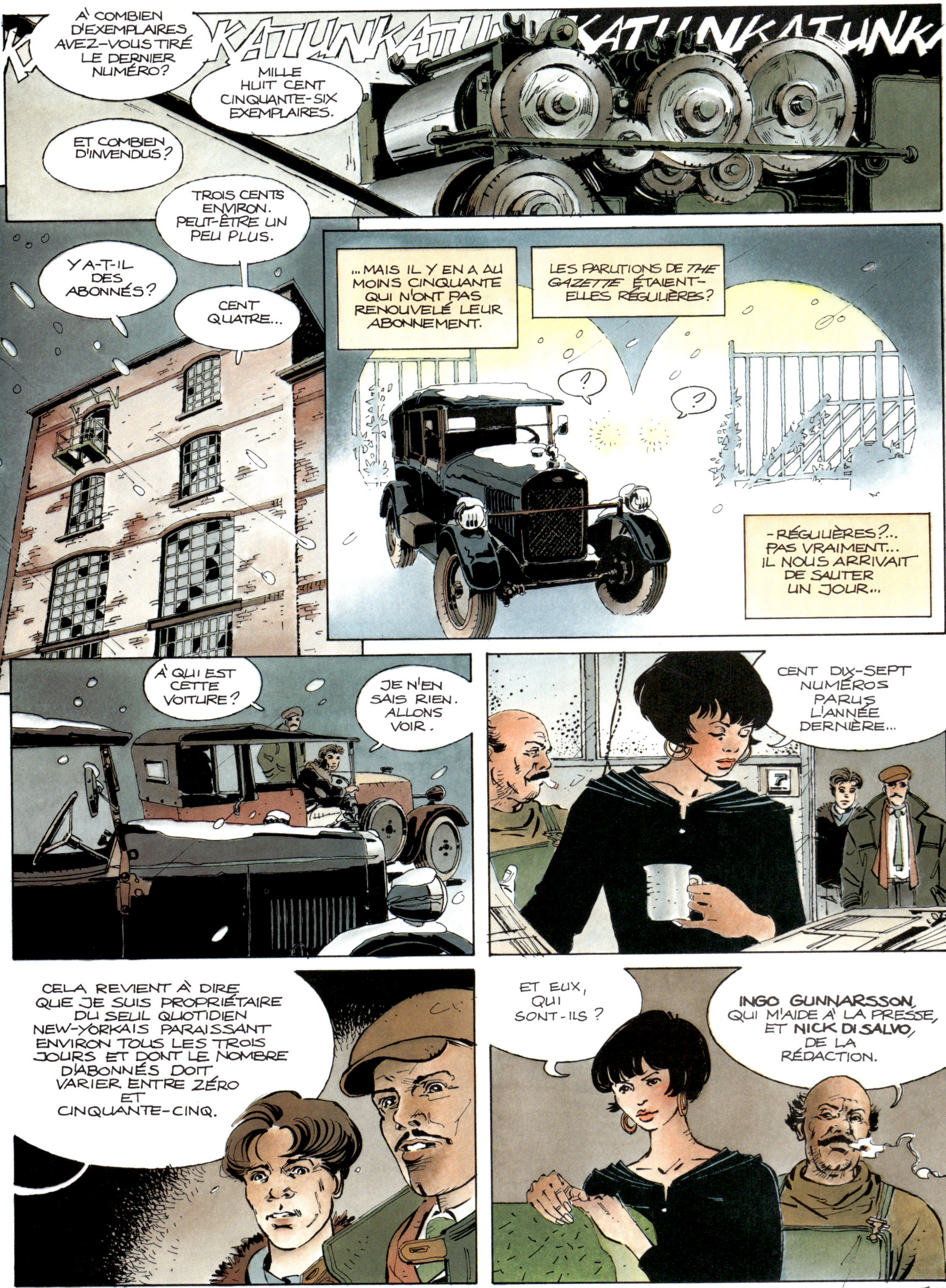
À COMBIEN D'EXEMPLAIRES AVEZ-VOUS TIRÉ LE DERNIER NUMÉRO?
KATUNKATUNKATUNKATUNKATUNK
MILLE HUIT CENT CINQUANTE-SIX EXEMPLAIRES.
ET COMBIEN D'INVENDUS?
TROIS CENTS ENVIRON. PEUT-ÊTRE UN PEU PLUS.
Y A-T-IL DES ABONNÉS?
CENT QUATRE...
...MAIS IL Y EN A AU MOINS CINQUANTE QUI N'ONT PAS RENOUVELÉ LEUR ABONNEMENT.
LES PARUTIONS DE THE GAZETTE ÉTAIENT-ELLES RÉGULIÈRES?
?
?
-RÉGULIÈRES?... PAS VRAIMENT... IL NOUS ARRIVAIT DE SAUTER UN JOUR...
À QUI EST CETTE VOITURE?
JE N'EN SAIS RIEN. ALLONS VOIR.
CENT DIX-SEPT NUMÉROS PARUS L'ANNÉE DERNIÈRE...
CELA REVIENT À DIRE QUE JE SUIS PROPRIÉTAIRE DU SEUL QUOTIDIEN NEW-YORKAIS PARAISSANT ENVIRON TOUS LES TROIS JOURS ET DONT LE NOMBRE D'ABONNÉS DOIT VARIER ENTRE ZÉRO ET CINQUANTE-CINQ.
ET EUX, QUI SONT-ILS?
INGO GUNNARSSON, QUI M'AIDE À LA PRESSE, ET NICK DI SALVO, DE LA RÉDACTION.

II 10

VOUS ÊTES BIEN LA FILLE DE KARL KILLINGER? J'AI VU VOTRE PHOTO DANS DES MAGAZINES.
C'EST EXACT. IL M'A ACHETÉ CE JOURNAL.
IL DOIT TROUVER QUE C'EST UNE BONNE FARCE ET ESPÉRER M'AVOIR DONNÉ UNE LEÇON...
MAIS JE N'AI AUCUNE LEÇON À RECEVOIR ET IL NE DEVRA PAS DÉBOURSER UN DOLLAR POUR CE JOURNAL. JE REFUSERAIS SON AIDE, DE TOUTE FAÇON.
J'AIME ENCORE MIEUX METTRE LE FEU À LA BARAQUE PLUTÔT QUE DE LUI DEMANDER DE L'AIDE.
MA MÈRE M'A LAISSÉ DOUZE MILLE DOLLARS. C'EST TOUT CE QUE J'AI.
JE RÉGLERAI TOUS LES SALAIRES EN SOUFFRANCE, MAIS JE NE PEUX PAS VOUS AUGMENTER. JE VAIS ENGAGER DU PERSONNEL ET RETAPER UN PEU LE TOUT...
HUNNICUT, SI VOUS COMMENCIEZ PAR NETTOYER L'ATELIER DE COMPOSITION AVEC GUNNARSSON? D'APRÈS MOI, ON N'A PLUS DÛ Y VOIR UN BALAI DEPUIS L'ÉPOQUE DE GEORGE WASHINGTON.
ENSUITE, JE VEUX L'INVENTAIRE DE TOUT CE QUI MENACE DE TOMBER EN RUINE À TOUT MOMENT, DE CE QUI PEUT TENIR ENCORE UN AN ET ENFIN DE CE DONT NOUS AVONS ABSOLUMENT BESOIN POUR IMPRIMER UN JOURNAL DE HUIT PAGES À RAISON DE DOUZE MILLE EXEMPLAIRES PAR JOUR!
THE QUEENS GAZETTE NOUVELLE FORMULE SORTIRA LE QUINZE FÉVRIER!
THE
UEEN'S-GAZETTE
JE N'AI PAS DE TEMPS À PERDRE.

JE T'AIME, KATE.
J'EN SUIS PEINÉE POUR TOI, DOUGLAS.
TU NE VAS TOUT DE MÊME PAS VENIR ME CHERCHER TOUS LES SOIRS AU JOURNAL ?
OH! QUE SI! ET DE PLUS, JE VAIS T'Y CONDUIRE TOUS LES MATINS!
DIS-MOI QUE CE N'EST PAS VRAI!
MAIS SI. D'AILLEURS, IL LE FAUT BIEN. NOUS NE SOMMES MARIÉS QUE DEPUIS TROIS JOURS ET JE SUIS DÉJÀ LA RISÉE DE TOUT NEW YORK. TU ES TOUJOURS FOURRÉE À LA RÉDACTION. SI TU ÉTAIS UN HOMME, J'AURAIS DÉJÀ COGNÉ...
SI J'ÉTAIS UN HOMME, TU NE M'AURAIS PAS ÉPOUSÉE.
1926
JANUARY
9
SATURDAY
1926
JANUARY
1926
JANUARY
1926
JANUARY
1926
JANUARY
13
1926
JANUARY
14
1926
JANUARY
15
1926
1926
JANUARY
17
SUNDAY
1926
JANUARY
19
1926
JANUARY
24
SUNDAY
QUEENS

1926 JANUARY
1926 JANUARY 26 TUE
1926 JANUARY 28
1926 FEBRUARY
1926 FEBRUARY 3 TUESDAY
1926 FEBRUARY 4 THU
1926 FEBRUARY 15 MONDAY
1926 MARCH
1926 APRIL 9 FRIDAY
TU SAIS, KATE, JE VOUDRAIS METTRE DE L'ARGENT DANS TON JOURNAL ...
NON!
NON...
TU N'AS RIEN COMPRIS, DOUGLAS. JE NE VEUX NI DE TON ARGENT NI DE TON AIDE. C'EST UNE AFFAIRE ENTRE MON PÈRE ET MOI. NOUS AVONS UN COMPTE À RÉGLER ET CE N'EST PAS LA PREMIÈRE FOIS.
Queens
No. 1
FOR BIG
DAY, FEBRUARY 15, 1826
A NEW TEAM NEW DAILY
BY NICK DI SALVO
ORT
ENS
IL FAUT QUE JE M'EN TIRE SEULE, DOUGLAS.
THE QUEENS GAZETTE
QG FOR BIG! NEWS
THE QUEENS GAZETTE
DELIVERY
POUR ÊTRE FRANC, JE N'AURAIS JAMAIS CRU QUE TU RÉUSSIRAIS, KATE.
POURQUOI CONDUIS-TU LA VOITURE TOI-MÊME, PAPA? TU AS PEUR QUE TON CHAUFFEUR JASE? TU AS PEUR QU'ILS SE FOUTENT DE TOI DERRIÈRE TON DOS À CAUSE DE TA FILLE?
PERSONNE NE SE FOUT DE MOI, COMME TU DIS, MÊME PAS DANS MON DOS. ILS N'OSERAIENT PAS.

MPACT
GET IT IN YOUR FIRST SENT
GET IT IN YOUR HEADLINE!
AND IN FURE MOST OF
MAIS MÊME S'ILS LE FAISAIENT, CELA NE ME TOUCHERAIT PAS.
J'EN PARLAIS ENCORE RÉCEMMENT AVEC... COMMENT S'APPELLE-T-IL DONC, TON MARI?... AH! OUI! DOUGLAS... IL TE SUPPORTE ENCORE? JE NE L'AURAIS JAMAIS CRU.
COMPOS ROO
FIRE
FIRE
JE L'AI PRÉVENU, PAPA D'AILLEURS, QU'EST-CE QUE CELA PEUT TE FAIRE? TOUT CE QUI COMPTAIT POUR TOI, C'ÉTAIT DE ME LAISSER ME DÉBROUILLER AVEC LE PIRE CANARD QUE TU AIES PU TROUVER. ET TU AVAIS BESOIN DE LA BANQUE DES CATERHAM...
D'ACCORD. COMBIEN DE NUMÉROS PARUS JUSQU'ICI?
CINQUANTE-QUATRE.
EN COMBIEN DE JOURS?
CINQUANTE-QUATRE.
COMBIEN DE BÉNÉFICES AS-TU RÉALISÉS?
DES BÉNÉFICES? TU VEUX RIRE? J'AI PERDU VINGT-NEUF MILLE DOLLARS.
ET D'OÙ LES AS-TU SORTIS?
J'AI VENDU LES BIJOUX QUE MAMAN M'AVAIT DONNÉS.
LES SIENS! PAS CEUX QUE TU LUI AVAIS OFFERTS!
TICTICTICTICTICTICTICTICTICTICTICTICTICTIC

JE COMPRENDS. TU NE VEUX RIEN AVOIR À FAIRE AVEC MON ARGENT.
ÇA, TU PEUX EN ÊTRE SÛR!
À PROPOS DE TA MÈRE... ELLE SE PORTE TOUJOURS BIEN. ELLE EST PERSUADÉE QUE L'UNE DES INFIRMIÈRES VEUT L'ASSASSINER ET QUE LES MÉDECINS SONT SES COMPLICES.
TICTICTICTICTICTICTICTICTICTICTICTICTICTICTIC...
TU NE VAS TOUT DE MÊME PAS ME DIRE QUE TU ES ALLÉ LA VOIR.
BIEN SÛR QUE NON.
RING
THE QUEENS GAZETTE, BONJOUR... OUI, MADAME, NOUS PUBLIONS DES ANNONCES DE CE GENRE... ZÉNON... UN CHAT SIAMOIS... DISPARU DEPUIS VENDREDI...
THE QUEENS GAZETTE SUIT VRAIMENT L'ACTUALITÉ DE PRÈS!
II 15

COMBIEN DE TEMPS CROIS-TU POUVOIR TENIR ENCORE, AVEC TES CHATS ET TES CHIENS PERDUS?
TANT QU'IL LE FAUDRA ET MÊME SI TU ME METS DES BÂTONS DANS LES ROUES. C'EST LÀ TON INTENTION?
JE NE CROIS PAS QUE CE SERA NÉCESSAIRE. TON JOURNAL SE CASSERA BIEN LA FIGURE TOUT SEUL.
JE N'Y COMPTERAIS PAS TROP SI J'ÉTAIS TOI. CHAQUE JOUR, NOUS COMPTONS UNE MOYENNE DE CINQUANTE LECTEURS EN PLUS...
...ET LA SEMAINE PROCHAINE, THE GAZETTE CHANGERA DE FORMULE... DES CHATS, DES CHIENS ET DES MEURTRES!
LES LECTEURS VEULENT DU SANG...
ET ON LEUR EN DONNERA!
SKIP!
VIENS VOIR CE QUE J'AI REPÊCHÉ!
NOM DE DIEU!

FLASH
UNE BALLE DANS LA NUQUE... DU TRAVAIL DE PROFESSIONNELS... VOUS ALLEZ VRAIMENT PUBLIER CES PHOTOS?
PLUTÔT DEUX FOIS QU'UNE. FAIS-MOI ENCORE QUELQUES GROS PLANS, NICK.
VOUS CONNAISSEZ CES TYPES, LIEUTENANT?
L'UN DES DEUX S'APPELLE **FRANK GERMI**. J'AI EU AFFAIRE À LUI QUELQUES FOIS. ALCOOL DE CONTREBANDE... ATTAQUE À MAIN ARMÉE...
MAIS AUCUN TÉMOIN NE L'A JAMAIS RECONNU. C'EST TOUJOURS LA MÊME CHOSE.
ILS SE RESSEMBLENT. FRANK AVAIT-IL UN FRÈRE?
JE CONNAIS DES GERMI PRÈS DE *REGO PARK*. JE POURRAIS PEUT-ÊTRE ALLER TRAÎNER DE CE CÔTÉ?
D'ACCORD, NICK. MOI, JE RETOURNE AU JOURNAL.

LE MEURTRE DE FRANK ET TONI GERMI FIT LA UNE DE LA *GAZETTE* ET EMPLIT TROIS PAGES ENTIÈRES.
BODIES OF RACKETEERS FRANK & TONI GERMI RECOVERED FROM EAST RIVER PIER
BY NICK DI SALV
RIKER'S ISLAND
MORE PICTURES ON PAGES 5 AND 6
SHOT IN THE NECK
IL Y A UN TROISIÈME FRÈRE, **SANDRO**. QUATORZE, QUINZE ANS ENVIRON...
LE SEUL DE LA FAMILLE À AVOIR VOULU, OU OSÉ PARLER. IL M'A DONNÉ UNE VINGTAINE DE NOMS... DISONS DES... RELATIONS D'AFFAIRES... DE SES FRÈRES.
IL A AINSI CITÉ **FRANKIE COSTELLO** ET LES NOMS D'UN CERTAIN NOMBRE DE FONCTIONNAIRES DE POLICE QUE JE NE QUALIFIERAIS PAS D'ENFANTS DE CHOEUR.
SEULEMENT...
SEULEMENT, NOUS NE POUVONS RIEN FAIRE DE CETTE LISTE.
POURQUOI PAS?
SANDRO ÉTAIT ENCORE SOUS LE CHOC. ET JE LUI AI PARLÉ EN DIALECTE SICILIEN. BREF, IL EN A DIT PLUS QU'IL N'AURAIT VOULU...
QUEENS GAZETTE FOR BIG NEWS!
JE CONNAIS BIEN CES ITALO-AMÉRICAINS, KATE. J'EN SUIS UN MOI-MÊME.
NOUS NE POUVONS VRAIMENT PAS UTILISER CES NOMS.

NICK VIENT D'APPELER, KATE. IL N'ARRIVERA PAS AVANT ONZE HEURES. IL A RETROUVÉ LA CAMIONNETTE QUI A SERVI À TRANSPORTER LES GERMI SUR LES BORDS DE L'*EAST RIVER*.
MAIS SI TU VEUX QUE LA *GAZETTE* SORTE À L'HEURE DEMAIN, IL ME FAUT SON PAPIER AU PLUS VITE.
JE LE RÉDIGERAI MOI-MÊME, HOMER. JE TE L'APPORTE TOUT DE SUITE.

KATE ! CET ARTICLE !
J'ARRIVE, HOMER.
KATUNKATUNKATUNKATUNKATUNKATUNKATU
SANDRO GERMI MAKES CHARGES
DAILY
THE Queens Gazette
FULL PAGE OF PICTURES
SANDRO GERMI MAKES CHARGES
DOES THIS LIST CONTAIN THE NAME(S) OF THE GERMI-Bros. KILLER(S)?
AN EXCLUSIVE STORY BY N.D.S
SUR CINQ COLONNES À LA UNE, LE PLUS JEUNE DES GERMI ACCUSAIT COSTELLO ET SES SBIRES.
FLASH

FLASH
FLASH
ET VOILÀ.
IMPACT
GET IT IN YOUR FIRST SENTE
GET IT IN YOUR HEADLINE!
AND IN PICTURES, MOST OF A
IL Y AVAIT QUELQUES PIÈCES DE MONNAIE À CÔTÉ DU CORPS DE SANDRO...
C'EST CE QU'ILS FONT TOUJOURS AVEC LES TRAITRES.
JE M'EN VAIS, KATE.
MAKES
AN EXCL
RMI
THIS LIST CONTAIN
E NAME(S) OF THE
MI-BROS. KILLER(S)?
DOUGLAS, VEUX-TU VENIR ME CHERCHER TOUT DE SUITE?... OUI, MAINTENANT.
JE FERME LA BARAQUE.
II 21

"J'AI MIS TROIS JOURNALISTES SUR L'AFFAIRE GERMI. C'EST UN SCOOP À SE LÉCHER LES BABINES. JE M'EN VOUDRAIS DE LAISSER TOMBER MAINTENANT".
"TU N'ES TOUT DE MÊME PAS EN TRAIN DE SOLLICITER MON AIDE, PAPA?"
"QU'EST-CE QUE TU CROIS? CECI EST L'AFFAIRE DE VRAIS JOURNALISTES, CAPABLES DE PROTÉGER LEURS SOURCES".
"MERCI DE ME CONSOLER".
JE N'ESSAIE PAS DE TE CONSOLER. CELA NE SERVIRAIT À RIEN.
SURTOUT VENANT DE TOI. TU AS RÉUSSI À BRISER MA MÈRE. MAIS MOI, TU NE M'AURAS PAS.
II 22 A
II 22 B
VENONS-EN AUX FAITS. JE SUIS VENUE TE DEMANDER D'AIDER LES GENS QUI ONT TRAVAILLÉ POUR LA GAZETTE. D'ACCORD?
SI J'ESTIME QU'ILS EN VALENT LA PEINE, OUI. ET TOI, QUE VAS-TU FAIRE MAINTENANT?

PFFF... IL M'EST ARRIVÉ D'OUBLIER QUE J'ÉTAIS MARIÉE, ET POURTANT JE LE SUIS ENCORE. NOUS POURRIONS PEUT-ÊTRE ENFIN PARTIR EN VOYAGE DE NOCES.
À PROPOS, AS-TU RÉUSSI À CONCLURE LES AFFAIRES QUE TU AVAIS EN VUE? JE VEUX DIRE, AVEC SA BANQUE?
BOF... IL FAUT TOUJOURS AVOIR UNE BANQUE.
ENCORE MAINTENANT?
NON. PLUS MAINTENANT.
KATE, AS-TU COUCHÉ AVEC ROURKE?
ROURKE...
E
S
W
II 23

J'AI SUIVI ALVARO PENDANT SIX SEMAINES. DURANT CE LAPS DE TEMPS, IL A RÉUSSI À S'INTRODUIRE DANS PLUS DE QUARANTE CHAMBRES D'HÔTEL. APRÈS CELA, SA RÉCOLTE SE MONTAIT À SEPT MILLE CINQ CENT SOIXANTE-DOUZE PESOS ET SOIXANTE-QUATRE CENTAVOS. JUSQU'AU JOUR OÙ IL EST TOMBÉ SUR UN GRINGO QUI AVAIT DEUX CENT MILLE PESOS, DANS SES BAGAGES. ÉVIDEMMENT, ALVARO N'EN SOUTIRA QUE DEUX MILLE QUATRE VINGT-SEPT ET TRENTE-SIX CENTAVOS. LE BON DIEU FAIT VRAIMENT BIEN LES CHOSES QUAND IL DÉCIDE DE FAIRE DES MIRACLES! ALVARO LES TENAIT ENFIN, SES DIX MILLE PESOS.

POUR NOUS, LA PROVINCE DE TABASCO, CE FUT D'ABORD CETTE PETITE VILLE MINABLE OÙ NOUS SOMMES DESCENDUS. ON Y AVAIT LES PRÊTRES ET LES CATHOLIQUES EN HORREUR. SANS PARLER DES CURIEUX...

II 24

ON AURAIT DIT QUE LES POLICIERS ET LES SOLDATS ÉTAIENT LES SEULS ÊTRES VIVANTS DE CE BLED. JE TROUVAI UN CHEVAL ET POURSUIVIS MA ROUTE. ALVARO MARCHAIT DEVANT MOI. CELA SENTAIT LE SANG, ET LA MORT...

MALGRÉ MON CHEVAL, IL ME DEVANÇAIT DE PLUS EN PLUS. DE TEMPS EN TEMPS, IL M'ARRIVAIT DE L'ENTRAPERCEVOIR, MAIS IL SEMBLAIT AVOIR COMPLÈTEMENT OUBLIÉ MON EXISTENCE.

SA MARCHE RESSEMBLAIT À UN CHEMIN DE CROIX.

JE NE DOUTAIS PLUS QU'IL FÛT PRÊTRE.

APRÈS SEPT JOURS ET PLUS DE DEUX CENT CINQUANTE KILOMÈTRES PARCOURUS, J'AI APERÇU SAN JACINTO DE LOS REYES, QUI SE TROUVE À LA FRONTIÈRE DU GUATEMALA.

JE DEVRAIS PLUTÔT DIRE "SE TROUVAIT"...

ALVARO ME PRÉCÉDAIT D'UN KILOMÈTRE. JE NE POUVAIS DISTINGUER SON VISAGE, MAIS J'ÉTAIS SÛR QU'IL RIAIT, QU'IL ÉTAIT HEUREUX.
IL BRANDISSAIT LES BILLETS DE BANQUE EN DIRECTION D'UN HOMME EN UNIFORME QUI SE TENAIT IMMOBILE EN ATTENDANT QU'IL S'APPROCHE.

UNE DERNIÈRE FOIS, J'ÉPERONNAI MON CHEVAL.

JE M'APPELLE ROURKE. JE VEUX PASSER DE L'AUTRE CÔTÉ.
DE LA FRONTIÈRE?
OUI.
II 26
CONNAISSEZ-VOUS CET HOMME, *SEÑOR* ROURKE?
NON. POURQUOI?
VOUS ÊTES ARRIVÉS ICI ENSEMBLE.
JE SUIS À CHEVAL. IL EST À PIED.
J'AI L'ARGENT, *SEÑOR TENENTE*. J'AI LES DIX MILLE PESOS.

VOUS DEVEZ TENIR VOTRE PAROLE, *SEÑOR TENENTE*. VOUS DEVEZ ME RENDRE LE MORCEAU DE LA VRAIE CROIX.
TU N'AURAIS JAMAIS DÛ REVENIR, ALVARO.
AUSSI ÉTRANGE QUE CELA PUISSE PARAÎTRE, SA VOIX SEMBLAIT TRISTE.
DON ALVARO. MAINTENANT, IL FAUT VRAIMENT QUE VOUS M'APPELIEZ **DON** ALVARO.
JE VAIS DEVOIR TE TUER, ALVARO.
LO SÉ. MAIS VOUS DEVEZ D'ABORD ME RENDRE LE MORCEAU DE LA VRAIE CROIX. VOUS M'AVEZ DONNÉ VOTRE PAROLE.
JE LA TIENDRAI.
MAIS TOI, TU SERAS MORT, ALVARO.
LE MORCEAU DE LA CROIX DOIT ÊTRE ENTERRÉ PROFONDÉMENT DANS LE SOL DE L'ÉGLISE. TRÈS PROFONDÉMENT.
II 27
BIEN. JE TE FERAI FUSILLER. JE SUPPOSE QUE TU TIENS À CREUSER TOI-MÊME LE TROU OÙ ENTERRER CE PETIT BOUT DE BOIS ?
OUI.

LES LOIS DE L'ÉTAT DE TABASCO ME DONNENT LE DROIT ET MÊME LE DEVOIR DE FUSILLER CET HOMME.
IL NE ME SEMBLE PAS QUE CETTE AFFAIRE ME CONCERNE.
JE SUIS D'ACCORD AVEC VOUS.
À CHEVAL, VOUS N'ARRIVEREZ PAS À TRAVERSER CE PONT DE CORDES.
?! QUEL PONT DE CORDES ?
ROURKE, C'EST UN NOM IRLANDAIS. ET LES IRLANDAIS SONT CATHOLIQUES.
NI PLUS NI MOINS QUE LES MEXICAINS.
VOUS ÊTES UN HOMME FUTÉ, SEÑOR.
ALLEZ-VOUS VRAIMENT LE FAIRE FUSILLER ?
TRÈS FUTÉ. VOUS RÉPONDEZ À UNE QUESTION PAR UNE AUTRE QUESTION.
JE N'AI ENTENDU AUCUNE QUESTION.
II 28
JE CROIS QUE VOUS M'AVEZ MENTI À PROPOS D'ALVARO.

JE REGRETTE DE VOUS AVOIR DONNÉ UNE SI PIÈTRE OPINION DE MOI.
VOUS AVEZ RAISON DE LE REGRETTER. BIEN RAISON. VOUS AVEZ MÊME TOUTES LES RAISONS DE REDOUTER LA MORT.
JE NE FAIS QUE PASSER ICI PAR HASARD. JE N'AI ABSOLUMENT PAS ENVIE D'ÊTRE FUSILLÉ.
VOUS AVEZ UNE CHANCE SUR QUATRE. JE PARLE DU PONT ÉVIDEMMENT, SEÑOR ROURKE...
DU PONT DE CORDES QUI REPRÉSENTE LA FRONTIÈRE AVEC LE GUATEMALA.
MERCI DE ME METTRE EN GARDE.
II 29
ÇA SUFFIT COMME ÇA, ALVARO. VEUX-TU QUE L'ON TE FUSILLE MAINTENANT?
JE PRÉFÉRERAIS ÊTRE CRUCIFIÉ, SEÑOR TENIENTE.

IL N'EN EST PAS QUESTION !
LIEUTENANT! NON!
HIIR
II 30
FOUILLEZ-LE! ET N'OUBLIEZ PAS SES SACOCHES!

SEÑOR ROURKE?
AYEZ L'AMABILITÉ DE VOUS LEVER ET DE ME SUIVRE.
OÙ SONT LES HABITANTS DU VILLAGE?
J'AI ORDONNÉ DE LES FAIRE PARTIR.
BRÂÂ
PARTIR? POURQUOI? POUR OÙ?
DANS LES MONTAGNES. JE N'AI PAS BESOIN DE TÉMOINS, SEÑOR ROURKE.
?

ROURKE? EST-CE TOI?
ALVARO?
LE MORCEAU DE LA VRAIE CROIX... JE VEUX L'AVOIR SUR MOI LORSQU'ILS M'ENTERRERONT.
JE FERAI MON POSSIBLE. PAROLE D'HONNEUR. JE FERAI TOUT CE QUI EST EN MON POUVOIR.
TU NE DOIS PAS EN VOULOIR AU LIEUTENANT MILAN, ROURKE. S'IL M'ENTERRE DANS MON ÉGLISE AVEC LE MORCEAU DE LA VRAIE CROIX, IL AURA PERDU.
DÉJÀ, IL A PERDU EN ME TUANT, SURTOUT SUR UNE CROIX.
LE BON DIEU M'AURA PROTÉGÉ JUSQU'À LA FIN, ROURKE.

LO CREO TAMBIÈN, DON ALVARO. JE LE CROIS AUSSI.
SEÑOR ROURKE, VOULEZ-VOUS, S'IL VOUS PLAIT, VOUS ÉCARTER?
A' MON COMMANDEMENT, TIREZ!
BLAM BLAMBLAM BLAM BLAMBLAM
LES COUPS DE FEU ONT DÛ S'ENTENDRE JUSQUE DANS LES MONTAGNES. ILS ONT DÛ CROIRE QUE DON ALVARO, LE CURÉ DE SAN JACINTO DE LOS REYES, AVAIT ÉTÉ FUSILLÉ. SIMPLEMENT FUSILLÉ.
OÙ L'AVEZ-VOUS RENCONTRÉ?
A' VERA CRUZ. IL ESSAYAIT DE ME VOLER. JE NE CROYAIS PAS QU'IL ÉTAIT PRÊTRE.
J'AI VRAIMENT TOUT FAIT POUR NE PAS LE TUER.
JE SAIS.

JE PENSE QUE VOUS ÊTES JOURNALISTE. QU'ALLEZ-VOUS ÉCRIRE?
CE QUE J'AI VU DE MES PROPRES YEUX. TOUT SIMPLEMENT.
SAUF SI VOUS AVEZ ENCORE QUELQUES DÉTAILS À ME CONFIER.
IL N'Y A PLUS RIEN À DIRE.
VOILÀ LE CHEMIN LE PLUS COURT POUR LE GUATEMALA. EMPRUNTEZ-LE AVANT QUE LA CHANCE NE VOUS LÂCHE.
ADIÓS, LIEUTENANT MILAN.
TCHAC
TCHAC

TCHAC
CHUT. TOUT DOUX. SI TU T'ÉNERVES, NOUS N'Y ARRIVERONS JAMAIS.
TCHAC
TCHAC
ADIÓS, SEÑOR ROURKE.

ROURKE, IL FAUT SE LEVER, IL EST HUIT HEURES. LE PETIT DÉJEUNER EST PRÊT.
ENCORE UNE TARTINE, MON GARÇON?
NON MERCI, MAMAN.
JE L'AI RENCONTRÉE, ROURKE. ELLE EST VENUE ICI. JE L'AIME BIEN, TU SAIS. ES-TU TOUJOURS AMOUREUX D'ELLE?

OUI, MAMAN.
POURTANT, TU NE L'AS PLUS VUE DEPUIS DES SIÈCLES. J'ESPÉRAIS QUE CELA T'AVAIT PASSÉ.
TU ESPÉRAIS?
...TU AVAIS RAISON DE DIRE QU'ELLE NE POUVAIT RESTER TRANQUILLE UNE SECONDE.
C'EST COMME SI ELLE AVAIT LA DANSE DE SAINT-GUY. LA VIE EST TROP COURTE POUR ELLE.
JE LA COMPRENDS FORT BIEN. ELLE SAIT CE QU'ELLE VEUT, CHOSE FORT RARE. CELA CHOQUE, LORSQU'IL S'AGIT D'UNE FEMME. MOI, CELA NE ME CHOQUE PAS.
PAS DU TOUT.
MAIS JE NE COMPRENDS PAS TOUT. C'EST COMME CETTE IDÉE QUE VOUS N'ÊTES PAS FAITS L'UN POUR L'AUTRE. ELLE, ELLE VEUT UN JOURNAL. TOI, TU ÉCRIS POUR LES JOURNAUX. EN PRINCIPE, CELA DEVRAIT MARCHER.
JE NE SUIS PAS PRESSÉE, TU SAIS, MAIS J'AIMERAIS POURTANT BIEN ÊTRE GRAND-MÈRE...
...UN JOUR.
"CE SOIR, JE VAIS DÎNER AVEC LE CHAT-HUANT, ROURKE. TU ES DES NÔTRES?"
"CERTAINEMENT, SI JE NE VOUS DÉRANGE PAS."
"BIEN SÛR QUE NON."

D'APRÈS MOI, TU AS CHANGÉ.
DANS QUEL SENS?
TU ES... GAI! JE N'AURAIS JAMAIS CRU QUE TU POUVAIS RIRE DE LA SORTE. TOI ET TA MÈRE, VOUS N'ARRÊTEZ PAS!
MAMAN ET MOI, NOUS NOUS SOMMES TOUJOURS BEAUCOUP AMUSÉS ENSEMBLE.
PARLEZ-MOI D'ELLE, CHAT-HUANT. MAMAN M'A DIT QUE VOUS L'AVIEZ VUE QUELQUES FOIS.
SI TU VEUX PARLER DE CATHERINE KILLINGER, JE L'AI EN EFFET RENCONTRÉE FRÉQUEMMENT CES DEUX DERNIÈRES ANNÉES...
IL M'APPELAIT **CHAT-HUANT**, COMME IL L'AVAIT TOUJOURS FAIT. J'AVAIS DU MAL À L'APPELER **ROURKE**, OU **H.H.**, CE QUI EST D'AILLEURS IMPRONONÇABLE EN FRANÇAIS. MAIS QUEL NOM LUI DONNER ALORS? **HATCHI**, COMME LES AMÉRICAINS? NON...

NON... LA VÉRITÉ, MON PETIT VIEUX, C'EST QUE TU N'AVAIS PAS DU TOUT ENVIE DE RACONTER CE QUE TU SAIS DE KATE KILLINGER. C'EST POUR CELA QUE TU TOURNAIS AUTOUR DU POT.
IL VOUS ÉCRIT TOUJOURS ?
OUI.
MAIS OUI, BIEN SÛR, JE SUIS DONC LA SEULE À QUI IL N'ÉCRIVE JAMAIS.
IL DOIT POURTANT SAVOIR QUE JE SUIS DIVORCÉE. VOUS SAVEZ, JE N'AI FAIT L'AMOUR QU'AVEC DEUX HOMMES : AVEC DOUGLAS ET AVEC... UN AUTRE. MAIS C'ÉTAIT AVANT MON MARIAGE.
MAINTENANT QUE JE SUIS LIBRE, CELA VA CHANGER. VOUS DEVRIEZ M'AIDER, VOUS QUI CONNAISSEZ LES GENS D'ICI.
OU CROYEZ-VOUS QUE JE DOIVE PRENDRE LE PREMIER AMANT QUI SE PRÉSENTE ?
J'ÉPROUVAIS UNE CERTAINE JALOUSIE À L'IDÉE QU'UN AUTRE QUE ROURKE POURRAIT LA TENIR DANS SES BRAS. C'ÉTAIT UN COMBLE ! ÊTRE JALOUX À LA PLACE D'UN AUTRE ! C'EST PEUT-ÊTRE POUR CELA QUE J'AI CRU À TORT QU'ELLE ÉTAIT FOLLE, OU POUR LE MOINS DÉRANGÉE. C'EST PEUT-ÊTRE POUR CELA QUE J'AI ÉCRIT À SON PÈRE. SA RÉPONSE M'AVAIT ÉTONNÉE...
II 39
Elle est venue vous voir croyant que vous pourriez l'aider. Je ne vous connais certes pas, mais je crois qu'elle a bien fait. Je vous serais très reconnaissant de bien vouloir faire ce qui est en votre pouvoir.
KARL KILLINGER ET MIMI ROURKE AVAIENT DE LEUR REJETON LA MÊME HAUTE OPINION...

ROURKE NE POUVAIT PAS TOMBER AMOUREUX DE N'IMPORTE QUI, C'EST ÉVIDENT.
EST-CE LÀ TOUT CE QUE CELA VOUS INSPIRE ?
JE NE VOIS VRAIMENT PAS CE QUE JE POURRAIS AJOUTER.
VOUS ESTIMEZ DONC QU'IL EST NORMAL QUE JE FASSE OFFICE D'ENTREMETTEUR ?
QU'EST-CE QUE CELA PEUT BIEN FAIRE ?
BOF... QUE SAIS-JE ?
ET ROURKE DANS TOUT ÇA ?
ROURKE L'A LAISSÉE EN ÉPOUSER UN AUTRE. ET IL DOIT SAVOIR QU'ELLE EST DIVORCÉE.
AH OUI ? VOUS CROYEZ QUE LES JOURNAUX MEXICAINS ONT PUBLIÉ CETTE NOUVELLE ?
NON. JE LE LUI AI ÉCRIT. ET JE SUIS SÛRE QUE KILLINGER EN A FAIT AUTANT. SI ROURKE NE RÉAGIT PAS, C'EST QU'IL DOIT AVOIR SES RAISONS.
... ILS SEMBLAIENT CROIRE TOUS DEUX QUE LEUR ENFANT NE POUVAIT PAS FAIRE D'ERREURS.

VOUS SAVEZ QUE JE L'AIME, N'EST-CE PAS ?
MERDE !
VOUS LE SAVEZ.
SA MÈRE LE SAIT.
MON PÈRE EN EST PERSUADÉ.
ET VOUS AVEZ TOUS RAISON.
JE L'AIME À EN CREVER, CE SALAUD.
IL SAIT QUE J'AI DIVORCÉ. JE METTRAIS MA MAIN AU FEU QUE MON CHER PAPA ET MADAME ROURKE ONT FAIT TOUT LEUR POSSIBLE POUR LE LUI FAIRE SAVOIR. AI-JE RAISON ?
OUI.
II 41
C'ÉTAIT LOGIQUE. ET MONSIEUR QUI CONTINUE TRANQUILLEMENT À COURIR LE MONDE POUR SES REPORTAGES. J'EN AI LU QUELQUES-UNS. L'HISTOIRE DE CE PRÊTRE, ALVARO... SEUL ROURKE PEUT ÉCRIRE DE LA SORTE. ENFIN, JE NE DOIS PAS ÊTRE LA SEULE FEMME QUI TOMBE AMOUREUSE EN VAIN. MAIS COMMENT S'APPROCHER DE QUELQU'UN QUI S'ÉLOIGNE TOUJOURS ?

J'AI BESOIN D'ARGENT. MAIS JE NE VEUX PAS UN FRANC DE MON PÈRE. SAVEZ-VOUS POURQUOI?
VOUS VOULEZ CRÉER UN JOURNAL. VOUS DEVEZ AVOIR BESOIN DE CINQ CENT MILLE DOLLARS...
LE DOUBLE FERAIT MIEUX L'AFFAIRE. MAIS J'AI UNE IDÉE. ET VOUS POURRIEZ M'AIDER, LÀ AUSSI.
C'ÉTAIT UNE IDÉE TOUT À FAIT FOLLE, MAIS À PRÉSENT, PRÈS DE DEUX ANS PLUS TARD, IL ME SEMBLAIT QU'ELLE POURRAIT MARCHER...
ROURKE ET MOI, NOUS PARTONS DEMAIN POUR MONTE-CARLO OUVRIR UNE AUTRE BOUTIQUE. VOUS VOULEZ NOUS ACCOMPAGNER, CHAT-HUANT?
J'Y PENSERAI, MIMI.
ROURKE... SI JE LA VOIS, DOIS-JE LUI TRANSMETTRE UN MESSAGE?
NON.
II.42
NON, PAS DE MESSAGE. JE NE SUIS EN EUROPE QUE POUR PEU DE TEMPS. JE PARS POUR SHANGHAI.

ET MOI ?...
JE NE SUIS RIEN D'AUTRE QU'UN PAUVRE ANGLAIS, ÉCHOUÉ SUR LES QUAIS DE LA SEINE TOUT À FAIT PAR HASARD...
...UN PAUVRE CHAT-HUANT, TOMBÉ AMOUREUX D'UNE VENDEUSE DE CHAUSSURES...
MAMAN, TU SAIS POURTANT BIEN QU'IL NE SORT JAMAIS DE PARIS ?
...ET QUI ÉPROUVE POUR SON FILS UNE SORTE D'AMOUR PATERNEL INSATISFAIT, ET À PEINE PAYÉ DE RETOUR.
ET IL SAIT FORT BIEN QUE JE NE CESSERAI JAMAIS DE LE LUI DEMANDER, ROURKE.

CHER CHAT-HUANT,
ON DIRAIT QUE J'AI QUITTÉ MARSEILLE DEPUIS UNE ÉTERNITÉ.
LE S.S. PORTHOS MET LE CAP SUR YOKOHAMA EN PASSANT PAR SHANGHAI. LA VIE À BORD EST D'UN ENNUI... HEUREUSEMENT, LA BIBLIOTHÈQUE EST BIEN FOURNIE ET J'Y TROUVE DES INFORMATIO SUR L'HISTOIRE DE LA CHINE, CE QUI ME FAIT PASSER LE TEMPS.
J'AI RENCONTRÉ UN MISSIONNAIRE BELGE QUI TOTALISE SEIZE ANS DE CHINE ET QUI Y RETOURNE AVEC COMME SEUL SOUHAIT D'Y TERMINER SES JOURS.
LE PÈRE OELBRANDT PARLE HUIT DIALECTES CHINOIS ET TENTE DE M'APPRENDRE LE MANDARIN.

A PROPOS, JE SAIS BIEN POURQUOI VOUS TENTIEZ PAR TOUS LES MOYENS D'ÉLUDER LA QUESTION KATE KILLINGER, À PARIS. JE SAIS QU'ELLE S'EST LANCÉE DANS LA MODE SOUS UN PSEUDONYME ET QUE VOUS ÊTES SON CONSEILLER ET SON PRINCIPAL ACTIONNAIRE. JE SAIS AUSSI QU'ELLE REMPORTE DE GROS SUCCÈS.

JE SUIS AU COURANT AUSSI POUR SES AMANTS.

JE CONNAIS MÊME LEUR NOMBRE, QUOIQUE JE COMMENCE À M'Y PERDRE...

J'AIMERAIS POUVOIR DIRE QUE CELA NE CHANGE RIEN POUR MOI, MAIS JE N'EN SUIS PAS SÛR.
DE TOUTE MANIÈRE, JE NE VEUX PLUS EN PARLER.

II 44

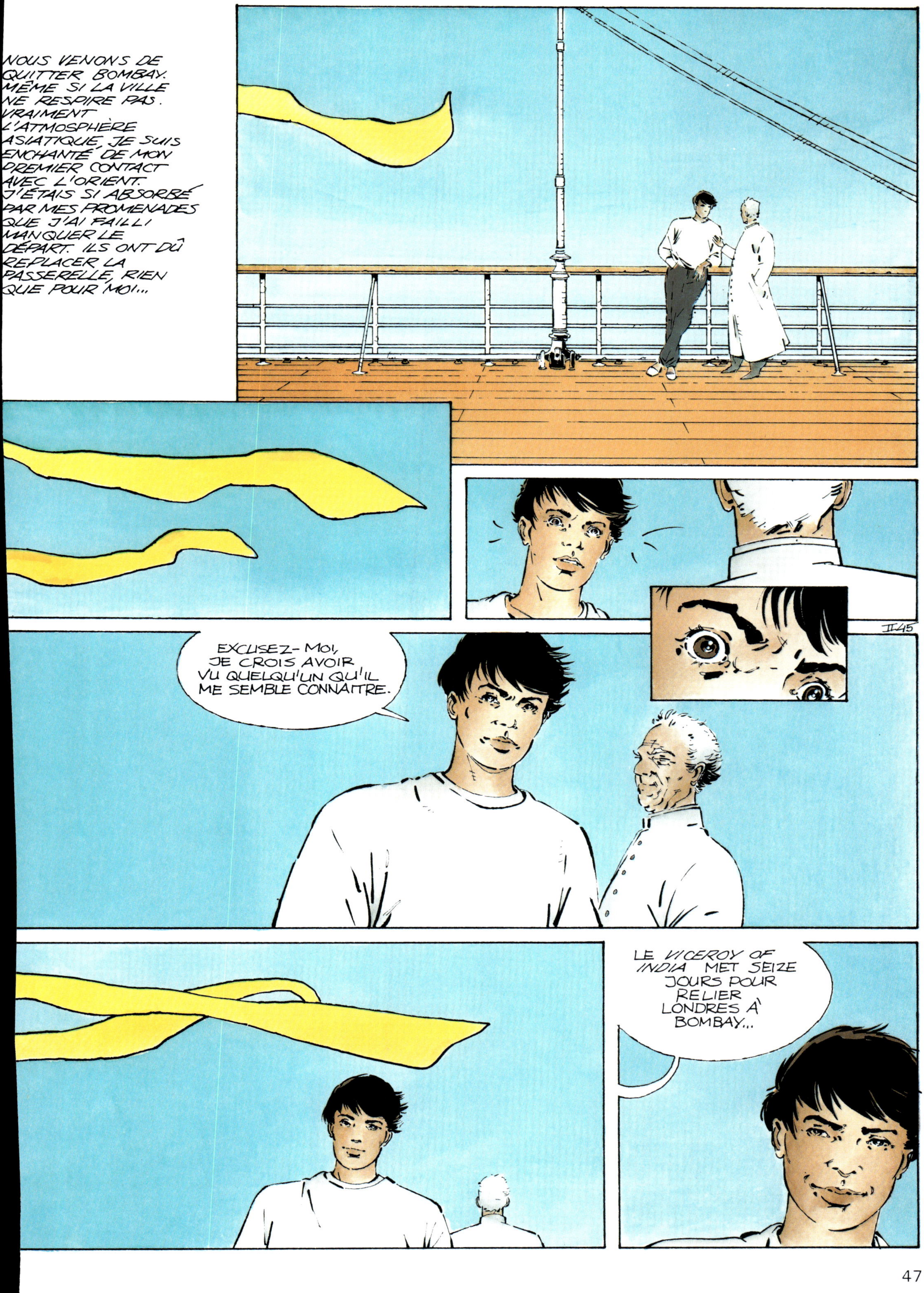
NOUS VENONS DE QUITTER BOMBAY. MÊME SI LA VILLE NE RESPIRE PAS VRAIMENT L'ATMOSPHÈRE ASIATIQUE, JE SUIS ENCHANTÉ DE MON PREMIER CONTACT AVEC L'ORIENT. J'ÉTAIS SI ABSORBÉ PAR MES PROMENADES QUE J'AI FAILLI MANQUER LE DÉPART. ILS ONT DÛ REPLACER LA PASSERELLE, RIEN QUE POUR MOI...
EXCUSEZ-MOI, JE CROIS AVOIR VU QUELQU'UN QU'IL ME SEMBLE CONNAITRE.
LE *VICEROY OF INDIA* MET SEIZE JOURS POUR RELIER LONDRES À BOMBAY...

MARVANO/ROUFFA 3/92
COUL. ÉMILE JADOUL